Analyse de l'œuvre

Par Steve MacGregor

Le bizarre incident du chien pendant la nuit

Mark Haddon

lePetitLittéraire.fr

Analyse de l'œuvre

Par Steve MacGregor

Le bizarre incident du chien pendant la nuit

Mark Haddon

Rendez-vous sur lepetitlitteraire.fr et découvrez :

Plus de 1200 analyses
Claires et synthétiques
Téléchargeables en 30 secondes
À imprimer chez soi

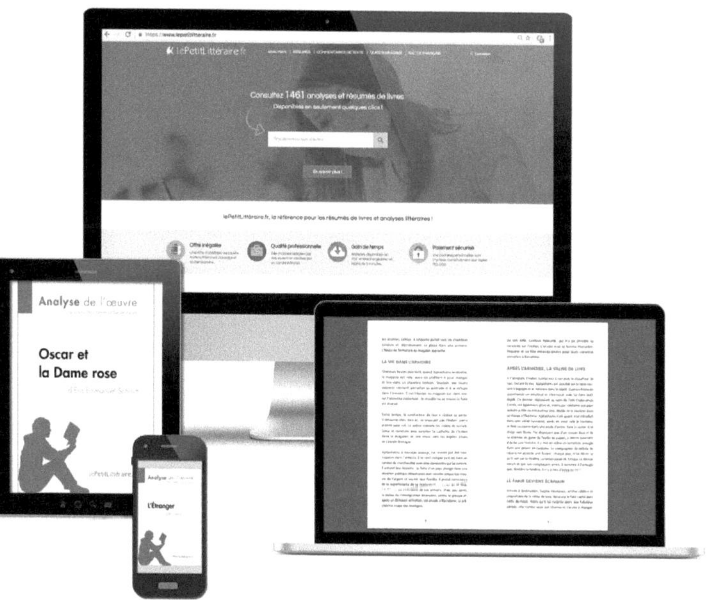

MARK HADDON

ROMANCIER ET POÈTE ANGLAIS

- **Né à Northampton, en Angleterre, en 1962.**
- **Travaux notables :**
  - *Agent Z et les bananes tueuses* (2001), livre pour enfants
  - *Le cheval qui parle, la fille triste et le village sous la mer* (2005), recueil de poèmes
  - *A Spot of Bother* (2006), roman

Mark Haddon est un écrivain, dramaturge, scénariste, poète et dessinateur anglais contemporain qui a produit des œuvres primées pour les adultes et les enfants. Il fait ses études à l'université d'Oxford et à l'université d'Édimbourg, où il obtient une maîtrise en écriture, et commence par écrire des livres pour enfants, souvent illustrés par lui-même. En plus de voir ses propres œuvres pour enfants adaptées par la BBC, il adapte également des œuvres d'autres auteurs pour la télévision. Haddon est un végétarien, un athée et un partisan de longue date des droits des animaux.

LE BIZARRE INCIDENT DU CHIEN PENDANT LA NUIT

UNE HISTOIRE MYSTÉRIEUSE RACONTÉE PAR UN JEUNE HOMME QUI A UNE VISION TRÈS DIFFÉRENTE DU MONDE.

- **Genre :** roman (mystère/drame familial)
- **Édition de référence :** Haddon, M. (2008) *The Curious Incident of the Dog in the Night-Time*. New York : Première édition de Vintage Books.
- **1ère édition :** 2003
- **Thèmes :** indépendance, perception, faire face à la perte, relations familiales

Le bizarre incident du chien pendant la nuit est l'histoire de Christopher Boone, 15 ans, qui tente de résoudre le mystère de celui qui a tué le caniche Wellington avec une fourche. L'histoire est racontée par Christopher, qui souffre d'une maladie sans nom affectant sa perception du monde qui l'entoure. Cette maladie n'est pas définie ou nommée dans le roman, mais elle présente de nombreuses caractéristiques d'une forme d'autisme ou du syndrome d'Asperger. Le roman nous entraîne dans le voyage de Christopher à la découverte de lui-même, sur fond de familles brisées dans les banlieues anglaises. Les événements sont décrits tels qu'ils sont vus par les yeux de cet adolescent inhabituel.

Le livre aborde des questions contemporaines telles que le divorce, l'éducation des enfants et la séparation. Il a été extrêmement bien accueilli lors de sa publication, remportant, entre autres, le prix Whitbread du livre de l'année 2003 et se vendant à plus de deux millions d'exemplaires. Initialement écrit comme le premier livre pour adultes de Mark Haddon, il a été publié simultanément comme un livre pour jeunes adultes – les versions pour adultes et pour jeunes adultes étaient identiques à l'exception de la couverture.

RÉSUMÉ

LE CHIEN QUI N'A PAS ABOYÉ

Le roman commence avec notre protagoniste et narrateur, Christopher Boone, 15 ans, qui découvre le corps de Wellington, un grand caniche noir appartenant à sa voisine Mme Shears. Le chien a été poignardé à mort avec une fourche sur la pelouse de Mme Shears. Christopher décide d'élucider ce meurtre et d'écrire un livre à ce sujet, en suivant les traces de l'un de ses héros, Sherlock Holmes. Le titre lui-même est une citation de *L'Aventure de Silver Blaze*, une nouvelle de Sherlock Holmes, et comme l'un de ces mystères classiques, cette mort apparemment simple révèle ensuite une toile de mensonges et d'intrigues à mesure que l'enquête progresse.

Christopher raconte l'histoire à travers ses propres yeux, bien qu'il soit parfois aidé, ou au contraire gêné, dans son enquête parce qu'il a un léger handicap. Cela signifie qu'il ne peut pas comprendre le monde en termes abstraits et qu'il ne peut pas toujours comprendre les motivations plus subtiles des autres ou comprendre les indices sociaux normaux.

LE DÉVELOPPEMENT ARRÊTÉ

La police est appelée et semble d'abord se demander si Christopher n'est pas responsable. Christopher réagit à leur arrivée sur les lieux du crime en frappant l'un d'entre eux car il ne comprend pas ce que le policier lui demande de faire. Il est placé en garde à vue parce que le policier et lui ne comprennent pas leurs motivations respectives : « Je n'aime pas qu'on me crie dessus… Je ne sais pas ce qui va se passer » (chapitre 5). Grâce à cette courte scène, le lecteur prend rapidement conscience des problèmes auxquels Christopher est confronté dans les interactions humaines, ainsi que des difficultés que rencontrent ceux qui doivent vivre avec lui pour faire face à son comportement. Il est libéré après l'apparition de son père, Ed Boone, qui explique la situation. Nous avons un premier aperçu de leur relation, lorsque son père le calme et utilise des techniques spéciales pour expliquer la situation à son fils.

LE GARÇON DÉTECTIVE

Sur la suggestion d'une enseignante de son école spéciale, Siobhan, cette enquête devient un devoir – le livre que nous lisons est le manuscrit préparé par Christopher pour l'école. Il est aidé dans son écriture par les conseils de sa professeure, qui le soutient également dans sa tentative de passer le niveau A en mathématiques et de réaliser son rêve d'aller à l'université. Nous apprenons que Christopher et son père sont seuls après que sa mère soit tombée malade et soit morte à l'hôpital. Cela a surpris Christopher car elle lui avait toujours semblé active et en bonne santé.

Ses investigations le propulsent dans le monde des adultes, qui lui semble chaotique et émotionnellement désordonné et déroutant. Chaque fois qu'il tente de découvrir la vérité sur ce qui s'est passé, il se heurte à la résistance de son père, de Mme Shears et d'autres voisins, mais il continue à écrire ce qu'il trouve. Il laisse le livre à la vue de son père qui est très en colère lorsqu'il le lit et lui interdit de continuer à jouer au détective, mais Christopher continue en secret, ayant justifié sa tromperie en termes concrets qui le satisfont.

LA VÉRITÉ EST ÉCRITE EN GRAND

Le livre disparaît, vraisemblablement caché par son père, mais Christopher le cherche et le trouve dissimulé sous une boîte de lettres que sa mère lui avait écrites sur une longue période. Christopher est très troublé : son père lui avait dit que sa mère était morte, mais certaines des lettres qu'il trouve ont été écrites récemment. Au début, il hésite à lire les lettres : « Je me suis demandé si je devais ouvrir l'enveloppe... Puis je me suis dit qu'elle m'était adressée, qu'elle m'appartenait et que je pouvais l'ouvrir » (chapitre 149). Christopher se rend compte qu'en fait, sa mère n'est pas morte mais qu'elle les a quittés, lui et son père, pour vivre avec M. Shears, le mari de la propriétaire du caniche, avec qui elle avait une liaison.

Les lettres font passer le point de vue narratif de la première à la troisième personne et nous apprenons les raisons du départ de sa mère, ses difficultés à reprendre la vie qu'elle menait auparavant et à quel point son fils lui manque et souhaite qu'il lui rende visite. Bien qu'elle n'ait jamais reçu de réponse, elle continue à lui écrire régulièrement. Sous le choc, Christopher s'évanouit et est découvert par son père, entouré des lettres.

Son père tente d'expliquer les raisons qui l'ont poussé à cacher les lettres, disant qu'il pensait que ce serait plus facile que de forcer Christopher à faire face au rejet. Il s'excuse en disant qu'il essayait de protéger Christopher du sentiment d'abandon. Il avoue également avoir tué le chien. Cette scène charnière le fait passer, aux yeux de son fils (et donc du lecteur), du statut de veuf bien intentionné à celui de méchant du livre, d'antagoniste de Christopher et de destructeur de tous ses espoirs et rêves. Comme Christopher, nous devons maintenant réévaluer ce que nous pensions être la réalité de leur vie.

LE FUYARD

Christopher a maintenant une peur bleue de son père et décide qu'il ne peut pas rester avec lui. Il se cache dans sa chambre, refusant de voir ou de parler à son père, car il est convaincu qu'il est un tueur et qu'il court lui-même un grave danger. Nous le voyons se retirer et suivons les tentatives futiles de son père pour reprendre contact avec lui, qui se soldent toutes par un échec. Christopher décide que sa seule ligne de conduite logique est d'aller à Londres pour retrouver sa mère et vivre avec elle.

Il s'embarque dans un road-trip qui lui permet d'atteindre sa majorité dans un style classique, comme tant d'autres héros le font lors de voyages similaires dans d'autres romans, des *Aventures de Huckleberry Finn* de Mark Twain à *Sur la route* de Jack Kerouac. En chemin, Christopher doit surmonter des difficultés pour trouver sa voie, tant sur le plan pratique que symbolique. Il s'efforce d'accepter la communication avec d'autres personnes et d'apprendre finalement à répondre à ses propres besoins.

RÉUNION

Christopher retrouve sa mère dans un petit appartement à Londres, et attend qu'elle rentre du travail. Elle est choquée et ravie de le voir, mais son partenaire ne l'est pas, et bien que sa mère tente de concilier les besoins de son amant et de son fils, elle perd son emploi et Christopher devient hystérique à l'idée qu'il ne pourra peut-être pas passer son niveau A de maths. Ed vient les voir, mais Christopher est si terrifié par lui et la situation entre les deux hommes devient si désagréable qu'il est obligé de partir. Après un incident particulièrement grave, la mère de Christopher met à la porte M. Shears et retourne avec Christopher dans leur ancienne maison familiale. Ed s'efforce de regagner la confiance de son fils, en lui achetant finalement un chiot, et ils commencent progressivement à reconstruire leur relation. La mère de Christopher trouve un nouvel emploi et un nouvel appartement, et Christopher passe son bac de maths et le réussit avec un « A ».

À la fin du livre, les mystères sont résolus et la famille va de l'avant. Cela ne se passe pas de manière ordonnée, mais à travers le chaos, chaque membre trouve une nouvelle façon de se connecter et de donner un sens à sa vie.

ÉTUDE DE CARACTÈRE

CHRISTOPHER JOHN FRANCIS BOONE

Christopher est un jeune prodige des mathématiques de 15 ans et le protagoniste de cette histoire. Il est le narrateur de la majeure partie du roman, et nous voyons l'action principalement à travers ses yeux. Christopher souffre d'un handicap non spécifié, probablement le syndrome d'Asperger, ce qui l'oblige à fréquenter une école spéciale. Il lutte pour être accepté socialement et pour donner un sens au monde qui l'entoure : « Je trouve difficile d'imaginer des choses qui ne me sont pas arrivées » (chapitre 7). Christopher trouve les changements dans sa routine extrêmement difficiles et aborde la vie avec logique et en termes concrets, utilisant ces caractéristiques pour tenter de résoudre le mystère de l'assassinat du chien éponyme.

Au fur et à mesure que le livre avance, nous le voyons tenter de devenir plus indépendant et d'entrer dans l'âge adulte, tout en essayant de faire face aux relations changeantes des adultes qui l'entourent et à l'évolution de son point de vue sur eux. Il raconte dans un style clair, honnête et d'une objectivité sans faille, parfois brutal à l'égard des sentiments et des émotions des autres, et qui oblige le lecteur à se confronter non seulement à la malhonnêteté fréquente des conventions sociales, mais aussi à leur nécessité pour le bon fonctionnement des relations humaines.

ED BOONE

Le père de Christopher, ingénieur en chauffage, est le seul à s'occuper de lui depuis que sa femme a quitté la famille. Parfois impatient et prompt à la colère, Ed Boone s'efforce de comprendre son fils et de jongler avec les besoins du travail et de la paternité. En tant que père, il fait preuve de perspicacité et de créativité pour répondre aux besoins complexes de Christopher. Nous apprendrons plus tard qu'il a menti à Christopher en lui disant que sa mère est morte au lieu d'admettre qu'elle a quitté la famille. Ce mensonge provoque un schisme dans sa relation avec son fils. Le fait qu'il avoue ensuite avoir tué le chien parce qu'il était furieux de la fin de sa relation naissante avec Mme Shears fait que Christopher le craint : « Père avait assassiné Wellington. Cela signifiait qu'il pouvait me tuer » (chapitre 167). A ce stade, Ed Boone est considéré comme l'antagoniste et le méchant de la pièce, mais en fait, nous pensons aussi qu'il peut avoir eu des raisons autres que la jalousie et la colère pour cacher la vérité à Christopher.

Ces confessions nous propulsent dans la deuxième partie du livre, où Ed tente de gérer les retombées de cet événement et essaie de reconstruire sa relation avec Christopher.

JUDY BOONE

Judy est la mère de Christopher, dont le lecteur croit d'abord qu'elle est tombée tragiquement malade et est morte à l'hôpital. Christopher se souvient d'elle comme d'une personne aimante, impulsive et protectrice, bien que sa réaction à sa mort frappe également le lecteur comme étant étrangement plate dans son affect. Plus tard, nous apprenons qu'elle n'est pas morte mais qu'elle est partie avec son voisin M. Shears, avec qui elle avait une liaison. Elle prend brièvement le contrôle de la narration dans le roman, le seul autre personnage à le faire, à travers les lettres qu'elle a écrites à son fils et que Christopher découvre cachées. Elle dit être partie pour des raisons idéalistes, mais le lecteur a l'impression qu'elle était peut-être déprimée, qu'elle avait du mal à s'occuper de son fils et que ses besoins particuliers avaient mis son mariage à rude épreuve. Les événements ultérieurs du roman montrent qu'elle est résistante, indépendante, ingénieuse et farouchement dévouée à Christopher alors qu'elle fait face à sa réapparition inattendue dans sa vie.

MME SHEARS

Eileen Shears est la voisine des Boone, et c'est son chien qui est retrouvé poignardé avec une fourche. Nous apprenons peu de choses sur elle : on nous dit qu'elle a eu une relation avec M. Boone après le départ de son mari avec sa femme, mais qu'elle a trouvé Christopher trop difficile à gérer et a mis fin à la relation, et qu'elle ne veut plus rien avoir à faire avec la famille. Le meurtre de son chien, Wellington, est le principal incident dramatique de l'histoire.

M. SHEARS

M. Shears vit avec la mère de Christopher après qu'ils aient eu une liaison et quitté leurs partenaires respectifs. Il n'a ni besoin ni envie que Christopher fasse partie de leur cellule familiale et ne comprend pas son état ni la relation qu'il entretient avec sa mère. Sa réaction négative à la réapparition de Christopher dans leur vie fait avancer l'histoire de la famille Boone jusqu'à sa conclusion.

SIOBHAN

Siobhan est l'enseignante de Christopher et la personne qui s'occupe de lui dans son école spécialisée. Elle l'encourage à écrire un livre et lui donne des conseils sur la façon de le rendre attrayant pour le lecteur. Par exemple, elle lui conseille de laisser les énigmes mathématiques en dehors du récit. À travers les mots qu'elle rapporte dans le livre, nous apprenons comment elle donne à Christopher des stratégies d'adaptation à la vie et filtre le monde d'une manière qui lui permet de le comprendre plus clairement. Siobhan devient les yeux et les oreilles du lecteur en tant qu'observatrice des actions et des paroles de Christopher.

ANALYSE

Ce roman est un roman policier, bien qu'inhabituel, un genre caractérisé par :

- un crime, souvent un meurtre ;
- une enquête ;
- la révélation de secrets plus profonds ;
- un détective professionnel ou amateur, souvent un franc-tireur ou une personne qui est inhabituelle ou distinctive d'une certaine manière.

Le crime en question est le meurtre du caniche Wellington d'une manière particulièrement brutale et horrible, ce qui donne l'impulsion dramatique de l'histoire. C'est sur ce crime que Christopher décide d'enquêter à la manière de son héros Sherlock Holmes, en interrogeant les témoins et en cherchant des indices : « C'est un roman policier » (chapitre 7). En tant que détective, notre protagoniste suit de près les traces d'autres enquêteurs fictifs tels que *Hercule Poirot* d'Agatha Christie et *John Rebus* de Ian Rankin, en ayant une approche et une vision du monde non conventionnelles. Il a cette approche non conventionnelle de la vie en raison de sa propre personnalité et de ses processus mentaux. Au fur et à mesure qu'il approfondit ses recherches, les secrets de sa propre famille et de ses voisins lui sont révélés et, comme dans tous les romans policiers classiques, il devient évident que les motivations sont plus complexes qu'il n'y paraît.

THÈMES

La lutte pour l'indépendance est un thème majeur de ce roman. Le voyage de Christopher vers l'âge adulte et l'indépendance reflète celui de nombreux protagonistes adolescents, tels que Harry Potter dans les livres éponymes de J. K. Rowling, et Holden Caufield dans *L'attrape-cœurs de* J. D. Salinger, car ils surmontent des problèmes et luttent pour donner un sens au monde qui les entoure : « Je veux que mon nom ait un sens pour moi » (chapitre 29). Pour Christopher, ce voyage est particulièrement difficile en raison de son incompréhension des autres, des mœurs sociales et de la pensée abstraite. Son enquête l'oblige à parler à des inconnus et à prendre des décisions sur ses prochaines étapes. L'examen de mathématiques de niveau A devient également un symbole de son chemin vers l'indépendance, car il s'agit de la clé pour quitter la maison. Pendant son voyage en voiture vers Londres, une expérience difficile pour lui, il doit faire face à des obstacles pour atteindre sa destination. Sa mère et son père font également des progrès vers leur propre indépendance, car ils luttent pour donner un sens à leurs décisions et à leurs responsabilités.

Christopher perçoit le monde d'une manière très différente de celle du lecteur ou des autres personnages, et ce thème de la perception est exploré dans le roman : « Je pense que les nombres premiers sont comme la vie. Ils sont très logiques, mais on ne peut jamais en comprendre les règles, même si on passe tout son temps à y réfléchir » (chapitre 19). Reflétant la fascination de Christopher, les 51 courts chapitres du livre sont numérotés à l'aide de nombres premiers plutôt que des nombres séquentiels plus traditionnels.

Haddon utilise des digressions intéressantes pour explorer la perception inhabituelle qu'a son protagoniste de l'univers qui l'entoure, et des incidents tels que son arrestation par la police au début du livre et par la police des transports plus tard montrent le fossé entre sa vision du monde et celle des autres, et comment cela propulse les scènes dramatiques du livre en avant : « C'est parce que, quand j'étais petit, je ne comprenais pas que les autres aient un esprit » (chapitre 163). Haddon nous force à entrer dans le monde du narrateur en utilisant la perspective narrative à la première personne et nous fait nous interroger sur ce qui est réel et sur la part de ce que nous considérons comme un comportement normal qui est en fait basé sur les normes et les attentes sociales.

LA PERTE ET LE DÉSORDRE DE LA VIE

De nombreux personnages du livre font face ou sont obligés de faire face à une perte. Christopher croit que sa mère est morte, et doit ensuite accepter le fait qu'elle a choisi de le quitter. Plus tard, son père et lui perdent leur relation l'un avec l'autre, et son père a déjà perdu sa relation avec sa femme, puis avec son amante. Mme Shears a également perdu son mari, son chien et une liaison naissante. Même leur autre voisine est veuve. Mme Boone a choisi de partir, mais ses sentiments de perte à l'égard de son fils sont clairs dans les lettres qu'elle lui adresse, où la perspective narrative passe à la deuxième personne. La confiance, les rêves et l'amour sont tous remis en question, perdus et parfois retrouvés au cours du roman.

L'idée que la vie réelle n'est ni ordonnée ni logique y est étroitement liée : « Puis il a dit : "Je l'ai fait pour ton bien, Christopher. Honnêtement, je l'ai fait. Je n'ai jamais voulu mentir" (chapitre 157). Elle est chaotique et désordonnée et, malgré le fait que Christopher utilise des stratégies pour essayer d'imposer l'ordre et le contrôle sur son environnement et ses relations, il n'y parvient pas. Il est souvent mis à mal à la maison, à l'école, pendant ses enquêtes et dans ses rêves d'une nouvelle vie avec sa mère. La conclusion du roman n'offre pas de solutions vraiment nettes. On ne sait même pas si Christopher pourra réaliser son rêve d'aller à l'université. S'il peut être tentant d'espérer une réconciliation familiale, la résolution effective de la cellule familiale semble offrir une résonance contemporaine et une réalité à laquelle les lecteurs peuvent s'identifier.

CHERCHER L'ORDRE DANS L'UNIVERS

La majeure partie du livre est écrite du point de vue du protagoniste, et Haddon utilise efficacement le langage pour nous donner un aperçu de l'esprit d'un jeune homme inhabituel. La plupart des phrases sont courtes, commencent par un pronom personnel et sont déclaratives. « J'aime les chiens. On sait toujours ce que pense un chien. Il a quatre humeurs. Heureux, triste, en colère et concentré » (chapitre 5). Nous sommes obligés de traiter les mots de manière concrète et de ne pas chercher de sens caché derrière eux, de la même manière que Christopher réagit aux mots des autres. La structure et le contenu du langage éclairent beaucoup la personnalité de Christopher. Le lecteur ne voit pas seulement le monde à travers ses yeux uniques, mais il a également la possibilité de remettre en question sa propre perception du monde. Par exemple, Christopher remet en question les croyances religieuses lorsqu'il déclare : « Je pense que les gens croient au paradis parce qu'ils n'aiment pas l'idée de mourir, parce qu'ils veulent continuer à vivre » (chapitre 61). Lorsqu'il ajoute des phrases plus complexes, cela permet au lecteur de voir que, bien qu'il pense de manière concrète, Christopher n'est pas une personne à l'intelligence ou à la compréhension limitées.

La répétition est également utilisée pour montrer que Christopher est un penseur précis et pour révéler comment il utilise des mots concrets pour créer l'ordre et la sécurité dans son monde. Christopher ne comprend pas les métaphores ou les simulations, il ne les utilise donc pas dans ses écrits, ce qui ajoute à la simplicité et au caractère direct du texte.

Haddon utilise également les mathématiques, les sciences et les énigmes logiques tout au long du livre afin de montrer que Christopher aime voir l'univers de manière ordonnée, car cela le rassure. Ces énigmes sont également utilisées pour ordonner et expliquer des idées plus complexes pour lui, comme dans le train lorsqu'il utilise l'énigme de Conway pour passer le temps. Ils lui permettent de faire de l'ordre à partir du chaos et lui donnent également de la sécurité à des moments où il ne peut pas comprendre ce qui se passe autour de lui ou évaluer les émotions des autres.

Sherlock Holmes est le héros de fiction de Christopher, en partie parce que Holmes voit aussi le monde en termes concrets et ne semble pas troublé par les émotions. De plus, Holmes utilise la logique pour résoudre les mystères, ce qui correspond au désir de Christopher non seulement de résoudre le meurtre de Wellington, mais aussi d'essayer de comprendre le monde et les actions des autres en termes logiques. Même le titre du roman reflète ces idées. Dans la nouvelle dont le titre est tiré, Holmes utilise cette phrase pour faire allusion à quelque chose qui aurait dû se produire mais qui ne l'a pas fait, et ce manque apparent s'avère très important pour la solution du mystère. Dans ce roman, l'un des événements centraux de la vie de Christopher est la mort de sa mère. Ce n'est que plus tard dans le livre que nous apprenons que cela ne s'est pas produit, et ce fait devient très significatif à la fois dans la résolution du mystère du meurtre de Wellington le caniche, et dans la vie de Christopher en général.

POURSUITE DE LA RÉFLEXION

QUELQUES QUESTIONS À MÉDITER...

- Le titre est une citation d'une nouvelle de Sherlock Holmes. En quoi Holmes et Christopher sont-ils semblables?

- Selon vous, qu'est-ce que les dessins ajoutent à votre compréhension et à votre appréciation du roman?

- Dans quelle mesure Christopher s'est-il rapproché d'une réelle indépendance à la fin du livre?

- Selon vous, quelle influence son état a-t-il eu sur la rupture de la relation entre ses parents? Expliquez votre réponse.

- L'absence d'un autre point de vue cohérent sur les événements de ce roman ajoute-t-elle ou enlève-t-elle quelque chose à votre lecture?

- « Tous les autres enfants de mon école sont stupides. Sauf que je ne suis pas censé les traiter de stupides, même si c'est ce qu'ils sont » (chapitre 71). De quelle manière les conventions sociales sont-elles soutenues ou mises à mal dans le livre?

- Que pensez-vous qu'il va se passer ensuite dans la vie des personnages?

- Le cadre est reconnaissable à l'Angleterre, mais le livre a connu un succès mondial. Pourquoi, à votre avis ?

- Considérez-vous que ce livre soit plus approprié pour les adultes, les jeunes adultes ou les enfants ? Pourquoi ?

- Quelles sont les parties du livre qui résonnent avec votre propre vie et vos expériences ?

- Ce roman ne fournit aucune description physique de Christopher – on ne nous dit pas s'il est grand ou petit, gros ou mince, clair ou foncé. À votre avis, pourquoi l'auteur a-t-il choisi de faire cela ?

- Dans une interview sur ce livre parue dans le journal *The Guardian* en 2004, l'auteur Mark Haddon a déclaré : « La lecture est une conversation. Tous les livres parlent. Mais un bon livre écoute aussi ». Que pensez-vous qu'il veuille dire par là ?

AUTRES LECTURES

EDITION DE RÉFÉRENCE

- Haddon, M. (2008) *The Curious Incident of the Dog in the Night-Time*. New York : Première édition de Vintage Books.

ÉTUDES DE RÉFÉRENCE

- Haddon, M. (2004) B is for bestseller. *The Guardian*. [En ligne]. [Consulté le 5 décembre 2018]. Disponible sur : <https://www.theguardian.com/books/2004/apr/11/booksforchildrenandteenagers.features3>

SOURCES SUPPLÉMENTAIRES

- *Les Mémoires de Sherlock Holmes*, l'anthologie des nouvelles de Sherlock Holmes par Sir Arthur Conan Doyle (romancier, nouvelliste, poète et essayiste anglais, 1858-1930), qui comprend *L'Aventure de la flamme d'argent*, dans laquelle Holmes évoque « le curieux incident du chien dans la nuit », est dans le domaine public et peut être téléchargée sur le site du Projet Gutenberg à l'adresse suivante : http://www.gutenberg.org/ebooks/834.

ADAPTATIONS

- Une adaptation scénique de cette œuvre écrite par Simon Stephens (dramaturge anglais, né en 1971) a été jouée pour la première fois au National Theatre de Londres. Cette pièce de théâtre a été filmée et une version éditée est sortie pour une projection en salle en septembre 2012. La pièce de théâtre a ensuite été transférée d'abord à l'Apollo Theatre, puis au Gielgud Theatre de Londres. Cette adaptation a également été jouée dans un certain nombre de théâtres aux États-Unis. Une adaptation et une traduction en espagnol ont été jouées au Teatro de los Insurgentes à Mexico en 2014. La même année, une adaptation et une traduction en hébreu ont été jouées à Tel Aviv.

- Les droits cinématographiques de cette œuvre ont été achetés en 2011 par l'acteur Brad Pitt et le producteur de films Brad Grey. Il a également été annoncé que Steven Kloves, l'auteur des scénarios de la plupart des films Harry Potter, avait été chargé d'écrire un scénario. À ce jour, aucun calendrier n'a été annoncé pour la production d'une adaptation cinématographique.

Votre avis nous intéresse !
Laissez un commentaire sur le site de votre librairie en ligne
et partagez vos coups de cœur sur les réseaux sociaux !

lePetitLittéraire.fr

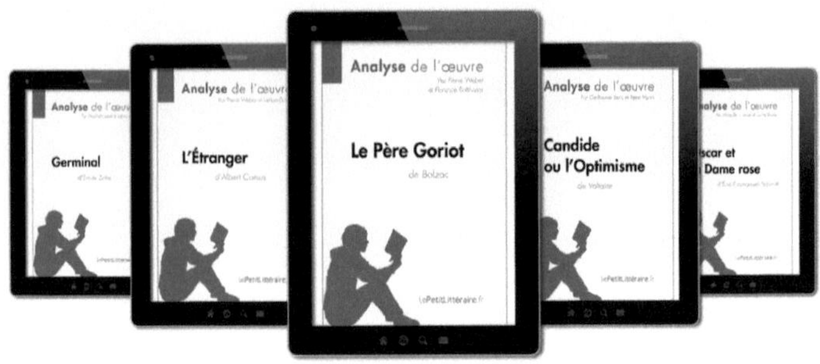

- des analyses de livres
- des fiches de lectures
- des commentaires littéraires
- des questionnaires de lecture
- des résumés

**Retrouvez
notre offre complète sur
lePetitLittéraire.fr**